AF503545

ARLEQUIN
ET
SCARAMOUCHE
VENDANGEURS.

DIVERTISSEMENT.

Précedé d'un Prologue, & suivi de
Pierrot Sancho Pansa Gouverneur de l'Isle Barataria, executé
au grand jeu du Préau de la Foi-
re S. Laurent au mois de Sep-
tembre 1710.

Le prix est de huit sols.

ACTEURS DU PROLOGUE.

Arlequin.
Scaramouche.
Trois Cabaretiers;
Troupe de Buveurs.
Bacchus & les Satyres.
Un Savetier & une Revendeufe.
Une jeune Bacchante.

ACTEURS DU DIVERTISSEMENT.

Le Docteur.
Colombine.
Arlequin.
Scaramouche.
Vendangeurs & Vendangeufes,
Pierrot.
Un Suiffe.
Trois Polichinelles,
Deux petits Arlequins.
Un yvrogne.
Quatre Lutins,

ACTEURS DE LA PETITE PIECE,

Sancho Panfa Gouverneur de l'Ifle Barataria.
Troupe d'habitans de l'Ifle.
Une Vivandiere.
Un Laboureur,
Un Sous-Traitant.
Le Medecin Pedro Rezio de Tirtea Fuera.
Un Courier.
Mezzetin Maître-d'Hôtel,
Arlequin.
Scaramouche.
Les Gardes du Gouverneur.
Un Singe Timbalier,

La Scene eft à la maifon de campagne du Docteur.

ARLEQUIN
ET
SCARAMOUCHE
EN DANGEURS.

PROLOGUE.

E Théatre represente au fond deux
Cabarets, où le peuple vient chercher du vin qu'on luy fait payer
cherement; les Cabaretiers & leurs
garçons chantent & rient, & les bûveurs ont
l'air triste & abattu. Arlequin & Scaramouche sont à leur tête avec chacun une bourse
vuide, & font des lazzi pour exprimer leur
tristesse. Ils presentent cet Ecriteau au nom
des bûveurs affligez.

A ij

LES BUVEURS.

Bacchus finis nôtre infortune ,
Fai: cesser la cherté des vins ;
Rend ta liqueur aussi commune
Que les Rimeurs & les Catins :
Fais-nous recommencer à dire
Ta la lerita la lerita la lerire , &c.

Après cette invocation , les Buveurs m[e]
contens appellent Bacchus au son des pintes [&]
des coûteaux ; ce Dieu les exauce & desce[n]
des Cieux à califourchon fur un tonneau ; l[e]
Satyres & les Egipans le suivent montez f[ur]
des muids & des carrauts, & tenant des co[r]
dons de cervelats en guife de guirlandes. Ba[c]
chus déploye cet Ecriteau : fur l'air , *Ad[ieu]*
pánier vendanges sont faites.

BACCHUS.

Ouvrez-vous charmantes Guinguette[s]
Verdissez vieux bouchons de pins :
Pour les Agioteurs de vins ,
Adieu panier vendanges sont faites.

Arlequin & Scaramouche chaffent les C[a]
baretiers & fe rendent maîtres des Cabare[ts]
Bacchus leur verfe à boire, & Pierrot fe jo[int]
avec eux pour compofer ce trio bachique.

TROIS BUVEURS.

Verſez, verſez du vin, vuidez plus d'un flacon,
Ah! ah! ah! que ce jus eſt bon!

Ce trio eſt ſuivi de la danſe comique d'un Savetier & d'une Revendeuſe. Le Savetier préſente cet Ecriteau dès qu'il a danſé.

LE SAVETIER.

Quels beaux jours Bacchus nous rend!
Quelles faveurs inſignes!
Le Cabaretier Tyran
A ſon tour devient un Jean
Des vignes, des vignes, des vignes.

Danſe d'un jeune Satyre & d'une jeune Bacchante. Ecriteau pour le Satyre: ſur l'air, *tu gay lanla.*

LE SATYRE.

Le divertiſſement n'eſt pas plûtôt fini, que Bacchus appelle Arlequin & luy preſente une hotte de Vendangeur, auſſi bienqu'à Scaramouche, avec un panier & une ſerpette. Ils font les lazzi de couper le nez & les oreilles à Bacchus & ſa ſuite; ce Dieu leur montre que cet inſtrument eſt fait pour couper le raiſin, &

leur declare ſa volonté par cet Ecriteau :
l'air *de Joconde.*

BACCHUS.

Arlequin reçois de bon cœur
L'employ qu'on te deſtine ,
Tu dois quand ſeras Vendangeur
Epouſer Colombine ;
Va remplir un ſi beau deſtin ,
Quelle ſera ta gloire ,
Si tu fais auſſi bien le vin
Comme tu ſçais le boire.

Arlequin remercie Bacchus de ſa protecti
& les Satyres l'emportent en triomphe.

ACTE I.

LE Théatre repreſente au fond la m
ſon de campagne du Docteur, avec la
ge d'un gros Chien.

SCENE I.

ARlequin entraîné par l'Amour &
obéïr aux ordres de Bacchus, ſe
avec Scaramouche à la maiſon de campa

du Docteur Tuteur & Geolier de Colombine
qu'il veut époufer, & qu'il renferme avec foin.
Scaramouche adreffe à fon ami cet Ecriteau :
fur l'air, *Vous qui vous mocquez par vos ris.*

SCARAMOUCHE.

C'eft icy que le vieux Docteur
A renfermé ta belle.
Ne laiffons pas à ce rêveur
Si gentille Donzelle ,
Sauve fon front & ton ardeur
D'une épreuve cruelle.

ARLEQUIN.

Un vieux jaloux met nuit & jour
Sa belle à la torture ;
Mais porte clofe à double tour
N'en devient pas plus feure :
Le paffe-par-tout de l'Amour
Ouvre toute ferrure.

SCENE II.

ARlequin & Scaramouche voulant approcher de la maifon du Docteur ; le grand
Chien fort de fa loge & les effraye par fes cris
& fes poftures.

SCENE III.

Colombine paroît à la fenêtre & fait rentrer le Chien dans fa loge. Arlequin faluë fa maîtreffe, & voyant le Docteur fortir de la maifon : il fait femblant de danfer avec Scaramouche ; ils font enfuite des lazzi pour donner une Lettre à Colombine.

SCENE IV.

Une troupe de Vendangeurs & de Vendangeufes vient s'offrir au Docteur. Arlequin & Scaramouche la groffiffent. Le Docteur ouvre une grande bourfe & diftribuë de l'argent aux Vendangeurs. Arlequin & Scaramouche font fi bien, qu'ils reçoivent toutes les parts de leurs camarades & s'en vont.

SCENE V.

Les Vendangeurs demandent de l'argent au Docteur, qui leur répond qu'il les a payez, ils le battent & s'enfuïent.

SCENE VI.

LE Docteur dés-habillé & battu oublie sa
disgrace, en voyant paroître sa chere Colombine, vétuë en Vendangeuse avec un petit
panier.

LE DOCTEUR.

Ne m'entendez-vous pas,
Vendangeuse fringante :
Je voudrois ma charmante
Grapiller vos appas,
Ne m'entendez-vous pas ?

COLOMBINE.

Ne suivez plus mes pas,
Soupirant à lunettes,
Vos vendanges sont faites ;
Craignez les échalas,
Ne m'entendez-vous pas ?

LE DOCTEUR : sur l'air, *Du bon branle.*

COLOMBINE : Sur le même air.

❧❧❧❧❧❧❧❧❧❧

S C E N E VII.

ARlequin & Scaramouche abordent le
Docteur, & font signe à Colombine de
ne pas faire semblant de les connoître. Il paroît une grosse pierre au fond du Théatre. Ils
font des sauts sur la pierre. Le Docteur qui
voit qu'elle n'est pas haute veut sauter aussi
Il monte lourdement sur la pierre & fait de
mauvais sauts, dont il s'applaudit par cet Ecriteau qu'il adresse à Colombine.

LE DOCTEUR.

Colombine admirez,
Mon adresse legere,
Par-là vous comprendrez,
Que je sçais encor faire
  l'amour,
La nuit & le jour.

Le Docteur monte encore sur la pierre pour

prouver fon agilité ; mais à peine eft-il deffus
qu'il eft enlevé par un filet & fufpendu en
l'air. Arlequin profite de ce moment pour
s'expliquer avec Colombine.

ARLEQUIN.

Que ces momens font doux ,
Profitons-en ma chere :
Le chagrin d'un jaloux
Anime encore à faire
 L'amour ,
La nuit & le jour.

COLOMBINE.

Cher, Arlequin, tout doux ,
Vous pourriez me déplaire :
Dévenez mon époux
Si vous voulez me faire
 l'amour ,
La nuit & le jour.

Arlequin content de l'aveu de Colombine ,
lui affure qu'il va redoubler fes efforts pour
obtenir le bonheur qu'elle luy fait efperer , &
qu'il prétend auffi là venger des duretez du
Docteur. Cette Scene & les fuivantes font
une Parodie de Cadmus.

ARLEQUIN.

Je vais partir belle Hermione,
Pour me procurer ce bonheur :
Mais j'entens l'amour qui m'ordonne
De couper la barbe au Docteur.

COLOMBINE.

Ne vangez pas mon esclavage,
Sur la mouſtache d'un jaloux :
L'amour vous expoſe à ſa rage !
Ah ! Cadmus pourquoy m'aimez-vous ?

Arlequin ſort pour accomplir la vengeance qu'il doit à Colombine. Elle le ſuit pour l'empêcher de tenter une avanture ſi perilleuſe, & qui décourageroit les plus fermes Barbiers. même des bords de la Garonne.

SCENE VIII.

TRois Polichinelles viennent ſe mocquer du Docteur toûjours empriſonné dans le filet.

SCENE IX.

ARlequin déguiſé en Cadmus & tenant de grands ciſeaux, ſuivi de Pierrot ſon confident contrefait le recitatif de l'Opera, & pour couper la barbe du Docteur, il appelle à ſon ſecours des grivois de ſes amis déguiſez en Lutins, qui arrivent ſur des échelles & déſolent le Docteur par leurs malices. Arlequin donne ſes cizeaux à l'un d'eux, qui coupe la mouſtache du Docteur & la luy apporte auſſi-tôt: il fait ſigne à ſon confident d'aller chercher une béche & une herſe.

SCENE X.

LE Confident revient avec une béche à la main & une herſe attachée derriere luy. Arlequin béche la terre & y ſeme les brins de barbe du Docteur, qui produiſent differens monſtres. On ne détaille point ces ſcenes pour ne pas diminuer l'effet de la ſurpriſe. Après les lazzi d'Arlequin & des Lutins, le Docteur eſt précipité dans un gouffre de feu & de fumée.

ACTE II.

LE Théatre reprefente au fond la cuve des Vendanges.

SCENE I.

ARlequin & Scaramouche paroiffent avec chacun une hotte de Vendangeur. Ils vifitent reciproquement leurs hottes, & font épouvantez de ce qu'ils y trouvent après leur lazzi de poltronerie. Colombine, que le Docteur échapé du filet a reprife à fon rival, arrive & trouvant Arlequin & Scaramouche étendus par terre, les fait revenir de leur peur avec une bouteille de vin doux.

SCENE II.

LE Docteur apperçoit Colombine avec Arlequin & les examine à l'écart.

LE DOCTEUR.

Qu'ay-je vû ? quel est mon destin ?
Colombine embrasse Arlequin,
Mon aimable future, eh bien !
Commence ma coëffure,
Vous m'entendez bien.

Arlequin & Scaramouche se sauvent à l'approche du Docteur.

SCENE III.

LE Docteur fait des reproches à Colombine.

LE DOCTEUR.

Je connois vos ardeurs secretes,
Je connois mon rival heureux :
Ah ! je voy bien que pour mes feux,
Adieu panier vendanges sont faites.

COLOMBINE.

Terminez vos fades sornettes,
Barbon, mon cœur a fait un choix :
Faut-il vous redire cent fois,
Adieu panier vendanges sont faites.

SCENE IV.

Caramouche pour se reconcilier avec le Docteur, luy apporte une grosse grape de raisin. Pierrot l'aide à la porter. Ils sont conduits par un Suisse qui amuse le Docteur; tandis qu'Arlequin caché dans la grape entretient Colombine, & luy apprend son déguisement par cet Ecriteau.

ARLEQUIN.

Le Docteur s'apperçoit que la grape de raisin est son rival déguisé. Il appelle ses Vendangeurs & leur déploye cet Ecriteau.

LE DOCTEUR.

Pour écraser ce raisin,
Il faut user du gourdin :
Son jus plus doux qu'ambroisie
Guerira ma jalousie,
Frapez, frapez, n'épargnez pas un seul grain.

SCENE V.

SCaramouche, Pierrot & le Suiſſe ſont chaſ-
ſez par les Vendangeurs à grands coups
d'échalas. Après cette expedition, ils jettent
Arlequin dans la cuve & le pilent : il ſort deux
petits Arlequins par la fontaine de la cuve.

SCENE VI.

COlombine conduite par Scaramouche
vient chercher Arlequin ; on le tire de la
cuve ſemblable à une grape de raiſin écraſé ;
les careſſes de Colombine appaiſent ſa dou-
leur, & il ceſſe de la ſentir, dès que Scaramouche luy annonce, que par ſes intrigues le Docteur eſt enfermé dans ſa cave, & luy conſeille
d'épouſer promptement Colombine ; tandis
que ſon rival ne peut s'y oppoſer. Scaramouche preſente cet Ecriteau : ſur l'air, *de Joconde.*

SCARAMOUCHE.

SCENE VII.

Les Vendangeurs se repentent de ce qu'ils ont fait contre Arlequin & viennent le felicite sur son mariage, ils amenent avec eux ce fameux yvrogne qui fait briller autant de goût & de justesse dans sa danse, que dans tous les exercices qu'il entreprend. Dès qu'il a dansé un Vendangeur presente cet Ecriteau.

UN VENDANGEUR.

Bacchus d'un coup plein de vigueur,
Ne fait pas tomber un buveur :
Mais l'amour d'un coup d'aîle, eh bien!
Fait tomber une belle
Vous m'entendez bien.

SCENE VIII.

GIlles paroît à la tête de tous les sauteurs, & vient offrir aux mariez le divertissement des sauts & d'une petite piece intitulée *Sancho Pansa Gouverneur de l'Isle Barataria.* Arlequin & Colombine le remercient, & luy proposent de les laisser joüer des rôles dans cette Comedie, & sont presens aux exercices des sauteurs avec le reste de la nôce.

ACTE III.

LE Théatre reprefente la fameufe Ifle Barataria , *qui furpaffe les plus belles Ifles
qui foient en terre ferme.*

SCENE I.

SCaramouche appelle les peuples de l'Ifle
Barataria, & les invite à celebrer l'entrée
de leur nouveau Gouverneur par cet Ecriteau,
fur l'air *de Grimaudin.*

SCARAMOUCHE.

*Allons Bourgeois qu'on faute & chante
     Au gay lanla ,
Celebrez l'entrée éclatante
     En brouhaha
De Monfeigneur Sancho Panfa ,
Dans l'ifle Barataria.*

SCENE II.

SAncho Panfa qui a cnfin attrapé ce gou-
vernement fi defiré & fi bien payé par fes

épaules, fait ſon entrée au ſon des inſtrumeu
dans l'Iſle Barataria. Cette entrée eſt compo-
ſée des perſonnages les plus comiques.Sancho
eſt monté ſur le cher Griſon de ſon ame. Et
tous deux ſont vêtus ainſi qu'il eſt écrit dans
les fidelles chroniques de Cid-Hamet-Benen-
gely.

S C E N É III.

LEs jeunes filles de l'Iſle Barataria viennent
faire la reverence au Gouverneur, qui leur
donne de ſalutaires avis dans ſon ſtile ſavory
de proverbes.

SANCHO.

Belles qui craignez la ſurpriſe,
N'allez pas ſouvent ſous l'ormeau :
Tant va par fois la cruche à l'eau,
Qu'enfin elle ſe briſe :

Craignez la conſtance
D'un amant flateur ;
Par ſa manigance
Il ſurprend un cœur :
Dès qu'une beauté de l'amour ſouffre la pré-
ſence ,
Petit à petit
L'oiſeau fait ſon nid.

Danſe d'un Arlequin & d'une Arlequine-

L'ARLEQUINE, fur l'air : *Quand le péril eſt agreable.*

Danſe d'une Eſpagnolette, qui après avoir danſé preſente cet Ecriteau, *Sur le bon branle.*

L'ESPANOLETE.

Pour joüer dans un bois charmant
A certain jeu prophane ;
Liſe étoit avec ſon amant,
Faute du point dans ce moment
La belle le condanne ;
Faute d'un point pareillement
Martin perdit ſon Aſne.

Après les danſes, Sancho commande que l'on faſſe approcher tous ſes ſujets qui ont be-ſoin de ſa juſtice.

SCENE IV.

UNe Vivandiere approche la premiere traînant après elle un Laboureur qu'elle accuſe par cet Ecriteau, ſur l'air : *Tu croyois en aimant Colette.*

LA VIVANDIERE.

LE LABOUREUR.

Sancho ayant refléchi un moment demande la bourse du Laboureur , & la donne à la
Vivandiere qui s'en va fort contente de ce ju-
gement: alors Sancho fait signe au Laboureur
consterné de courir après elle & de luy repren-
dre sa bourse ; ils reviennent sur le Théatre en
se débatant, & le Laboureur vaincu par la re-
sistance de la forte Vivandiere , marque au
Gouverneur qu'elle désiroit bien cent rustres
à la fois , de luy ravir l'argent que luy adjuge
son équitable sentence. Sancho le luy fait re-
prendre aussi-tôt par ses gardes, & le rend au
Laboureur en prononçant cette maxime.

SANCHO.

SCENE V.

S Ancho ne pouvant oublier son caractere demande à manger. On apporte une table couverte des mets les plus exquis. Dés que l'affamé Gouverneur veut manger un morceau, le Medecin Pedro Rezio donne un coup de baguette, & Messettin Maître-d'Hôtel fait desservir les plats par Arlequin & Scaramouche, ce repas forme un spectacle trés-amusant.

SCENE VI.

U N Courier burlesque vient annoncer à Sancho, que les ennemis sont entrez dans son Isle; on entend un bruit de combatrans, & on arme le Gouverneur en luy posant deux ais, l'un sur le dos, & l'autre sur le ventre en guise de cuirasse. Aprés un feint combat, on luy annonce qu'il a gagné la victoire; c'est dans ce moment, que dégoûté des grandeurs & des épines qui y sont attachées, il prie qu'on luy ramene son Asne. Dés qu'il est arrivé, il luy ôte son harnois de courtier de Gouverneur, & se dépoüille luy-même des marques de sa dignité, & prend congé de ses sujets par cet Ecriteau.

SANCHO.

Mardy je me gauffe
Des Gouvernemens,
Amere eſt la ſauffe
Des feſtins des Grands.
Qu'a l'eau l'on me mette.
Que je ſois cocu :
Si jamais je pette
Plus haut que le cu.

SCENE VII.

LEs plaiſans qui ont harcelé Sancho Panſa, ſe réjoüiſſent du ſuccés de leurs malices, & la piece finit par la danſe d'un More & d'une Moreſſe, & par les ſauts les plus extraordinaires.

APPROBATION.

J'Ay lû par ordre de Monſieur le Lieutenant General de Police un Manuſcrit, intitulé *Arlequin & Scaramouche Vendangeurs,* dont on peut permettre l'impreſſion. A Paris ce 26. Aouſt 1711.

P A S S A R T.

VEu l'Approbation du ſieur Paſſart. Permis d'imprimer ce 8. Juillet 1711.
M. R. DEVOYER D'ARGENSON.